Mi Familia: Celebrando el Dí...s
(En inglés y español)

Hello! My name is Valentina, and today I am going to tell you all about my favorite celebration of the year: the Day of the Dead. My grandmother says that on November 1 and 2, the spirits of those who passed away come back to visit their families. That is why we visit the cemetery, decorate our home, play music, and dance. But my favorite part is when my family shares stories about my great-grandparents over dinner. I love those stories because family is everything.

¡Hola! Me llamo Valentina, y hoy les voy a contar todo sobre mi fiesta favorita del año: el Día de los Muertos. Mi abuela dice que los días 1 y 2 de noviembre, los espíritus de los que han fallecido vuelven a visitar a sus familias. Por eso visitamos el cementerio, decoramos nuestra casa, tocamos música y bailamos. Pero mi parte favorita es cuando mi familia comparte historias sobre mis bisabuelos durante la cena. Me encantan esas historias porque la familia lo es todo.

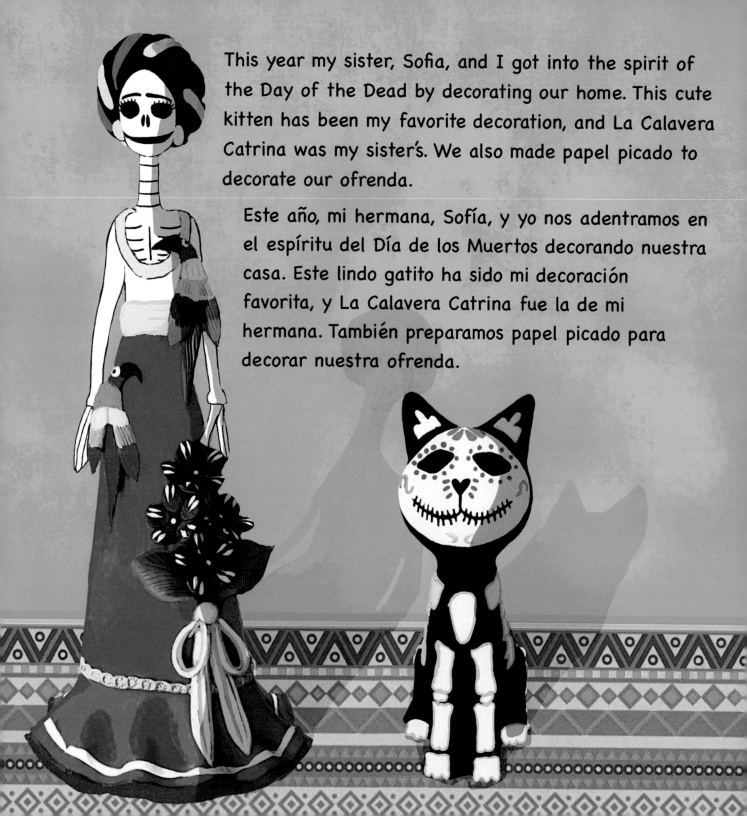

This year my sister, Sofia, and I got into the spirit of the Day of the Dead by decorating our home. This cute kitten has been my favorite decoration, and La Calavera Catrina was my sister's. We also made papel picado to decorate our ofrenda.

Este año, mi hermana, Sofía, y yo nos adentramos en el espíritu del Día de los Muertos decorando nuestra casa. Este lindo gatito ha sido mi decoración favorita, y La Calavera Catrina fue la de mi hermana. También preparamos papel picado para decorar nuestra ofrenda.

I helped my grandma make the special sweet bread called pan de muerto. When we got the bread out of the oven, the kitchen smelled of sugar and oranges. Our cheeks turned red, and I felt warm and happy inside.

Ayudé a mi abuela a hacer el pan dulce especial llamado pan de muerto. Cuando sacamos el pan del horno, la cocina olía a azúcar y naranjas. Nuestras mejillas se pusieron rojas, y yo me sentí calentita y feliz por dentro.

Then, my grandpa came back from the market with beautiful bouquets of marigolds to decorate our ofrenda.

Luego, mi abuelo volvió del mercado con hermosos ramos de caléndulas para decorar nuestra ofrenda.

My mother placed a jar of fresh water for the spirits in case they were thirsty after a long journey.

Mi madre colocó una jarra de agua fresca para los espíritus, por si tenían sed después de un largo viaje.

My dad placed candles and copal incense on the ofrenda as well. Their light and scent, he said, would help spirits find their way back home.

Mi padre también colocó velas e incienso de copal en la ofrenda. Su luz y su aroma, decía, ayudarían a los espíritus a encontrar el camino de vuelta a casa.

Bananas were my great-grandmother's favorite snack, so my grandma put some of them on the altar as well, while my grandpa left a bottle of tequila for his dad. We put the pictures of my great-grandparents, my great-grandpa's watch, and my great-grandma's earrings in the center of the ofrenda.

Los plátanos eran el aperitivo favorito de mi bisabuela, así que mi abuela también puso algunos en el altar, mientras que mi abuelo dejó una botella de tequila para su padre. Pusimos las fotos de mis bisabuelos, el reloj de mi bisabuelo y los pendientes de mi bisabuela en el centro de la ofrenda.

This year, like every year we visited our loved ones at the cemetery. We pulled out the weeds and decorated the graves with candles and flowers.

Este año, como todos los años, visitamos a nuestros seres queridos en el cementerio. Arrancamos las malas hierbas y decoramos las tumbas con velas y flores.

When we returned home my family began to cook. The kitchen smelled like chilies and nuts, tomatoes and chocolate.

Over dinner, my dad told us the tale of our Lady of Guadalupe. That was the story his grandmother used to tell him when he was a child. I had heard this tale many times before, but I was always happy to hear it again. My dad loved his grandfather too. He liked to joke. Some of the stories about him were funny, and we all laughed.

Cuando volvimos a casa, mi familia se puso a cocinar. La cocina olía a chiles y nueces, a tomates y a chocolate.

Durante la cena, mi padre nos contó el cuento de la Virgen de Guadalupe. Era la historia que le contaba su abuela cuando era niño. Ya había oído este cuento muchas veces, pero siempre me alegraba escucharlo de nuevo. Mi padre también quería a su abuelo. Le gustaba bromear. Algunas de las historias sobre él eran divertidas, y todos nos reíamos.

After dinner, my grandpa played a song that his dad used to sing at family gatherings called "One Hundred Years." It was so beautiful!

Después de la cena, mi abuelo tocó una canción que su padre solía cantar en las reuniones familiares, llamada "Cien años". ¡Era tan bonita!

The next day Sofia, and I went to the local festival. Everyone dressed up and so did we! It was so much fun!

Al día siguiente Sofía y yo fuimos a la fiesta local. Todo el mundo se disfrazó y nosotras también lo hicimos. Fue muy divertido!

I love the Day of the Dead celebration because even though I never met my great-grandparents, I feel that they are still part of my family's life! Like my grandfather always says: Family is where life begins and love never ends.

Me encanta la celebración del Día de los Muertos porque, aunque nunca conocí a mis bisabuelos, ¡siento que siguen formando parte de la vida de mi familia! Como siempre dice mi abuelo La familia es donde empieza la vida y el amor nunca termina.

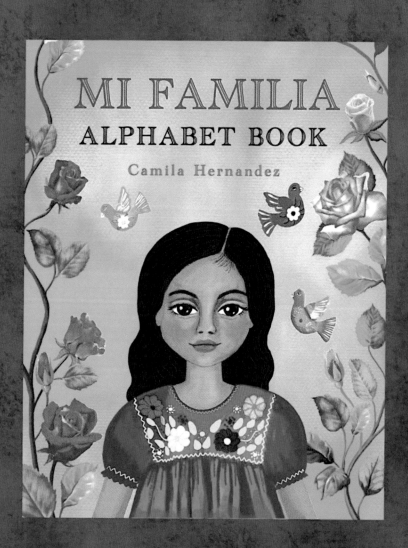

Seven-year-old Valentina and her loving family introduce little readers to the Spanish alphabet in this beautifully illustrated, Spanish/English book. Inspired by traditional Mexican art, this book presents Valentina's family munching on dulces and raspas, celebrating quinceanera, going to outdoor festivals, dancing jarabe tapatio, and taking a trip to Mexico.

Made in the USA
Coppell, TX
05 October 2024